LUKAS JÜLIGER

UNFOLLOW

LUKAS JÜLIGER

UNFOLLOW

1

Erinnerungen an die Erde

Seine Erinnerungen begannen irgendwo im Kambrium.

In dieser Epoche nahm die Konzentration organischen Lebens enorm zu.

Er sah Kontinentalplatten wandern und Gebirge wachsen.

Er beobachtete den ersten Fisch, der sich an Land schleppte.
Er sah Eulenaugen auf den Flügeln von Schmetterlingen entstehen.

Er sah Tiere und Pflanzen verschwinden und neue ihren Platz einnehmen.
Er sah den Lauf der Dinge. Er sah all das und war all das.

Als sich nach Millionen Jahren Evolution eine Affenart erhob und eine andere auslöschte, zuckte es in seinem Gesicht. Er hatte einen Körper.

Danach ging alles verhältnismäßig schnell: Immer mehr Tiere verschwanden. Etwas störte den natürlichen Lauf.

Es wurde heller. Er näherte sich der Oberfläche. Mikroplastik zerkratzte seine Kiemen, Ölteppiche verklebten seine Federn, Gase brannten in seinen Lungen. Es wurde immer heißer.

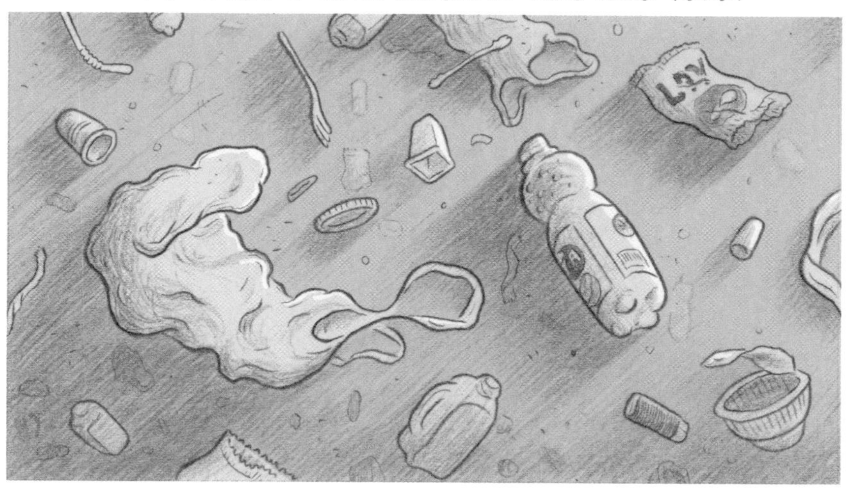

Seinem Körper entfuhr ein Schrei, und er erwachte als siebenjähriger Junge mit schrumpeliger Haut. Wasser war in jede Pore seines Körpers und des Hauses gesickert, in dem er sich wiederfand.

Die Luft um ihn war von einem süßen Geruch erfüllt. Es war der Beginn seiner Existenz als Mensch.

Sofort fing sein Gehirn an, sich zu prägen und die Erinnerungen zu überschreiben, begannen Orientierungsreflex und Instinkte zu greifen und führten ihn ängstlich nach draußen.

Wir sehen die zwei Tage, die folgten, als seine erste Reise an. Auch wenn man argumentieren kann, dass er damals einfach nur ein Kind war...

... das durchnässt und unterkühlt durch den Wald irrte.

Für den rätselhaften Jungen, der damals am Waldrand entdeckt wurde, fand sich schnell eine Pflegefamilie.

Was folgte, war eine relativ normale Mittelklasse-Kindheit mit allem, was dazugehörte: einem Haus und einem Hund namens Enrico…

… mit einem eigenen Zimmer…

… mit Hausaufgaben und Freizeit.

Eine Kindheit in Langeweile und Überfluss.

Eine Kindheit in der Welt der Menschen.

Seine Erinnerungen kamen erst zurück, als jener süßliche Geruch wieder in seine Nase stieg.

Als Enrico für Tage verschwand und der Junge ihn fand. Da war er zwölf.

Jedes Mal, wenn er von nun an den Geruch in sich aufnahm, verfestigten sich diese Erinnerungen, verfestigte sich sein Bewusstsein, das so alt war wie das Leben selbst.

Je länger er ihn nicht aufnahm, desto mehr verschwammen seine Erinnerungen wieder. Desto mehr verfestigte sich das menschliche Bewusstsein. Fortan versuchte er, ihn festzuhalten.

Als die Mutter eines Tages den toten Vogel in seiner Brotdose entdeckte und daraufhin sein Zimmer durchsuchte, stieß sie auf das Versteck unter seinem Bett.

An den Wänden des Kinderpsychologen hingen Bilder abgezeichneter Mangafiguren.

Dem Therapeuten gegenüber saß ein Zwölfjähriger, der erklärte, dass der Geruch die Essenz der physischen Welt sei.

Ein Organismus, der zum Ganzen zurückkehrte, sich wieder in den Kreislauf einreihte: gasförmiges Leben.

Gebannt lauschte der Kinderpsychologe den Worten seines kleinen Patienten. Er spürte, dass der Junge die Wahrheit sagte. Dass er sich erinnerte. An den Ursprung.

Trotzdem empfahl er einen Aufenthalt in einer Jugendpsychiatrie. Schließlich ging es um seinen Ruf als Therapeut.

Auf weitere Funde folgten weitere psychiatrische Aufenthalte, bis der Junge schließlich in ein Heim für verhaltensauffällige Kinder abgeschoben wurde.

Dort trafen wir ihn. Dieser Ort sollte der Ausgangspunkt für alles werden. Wir alle waren hier versammelt.

Im Heim war er der älteste. Schon deswegen hatte er eine natürliche Anziehungskraft auf die anderen Kinder.

Aber es waren vor allem die Außenseiter, die ihm schon nach der ersten Woche nicht mehr von der Seite wichen. Das waren wir.

In diesen ersten Monaten, nachdem er sein Bewusstsein wiedererlangt hatte, ordnete sich sein Gehirn ein weiteres Mal neu. Wir halfen ihm dabei, sich zu akklimatisieren.

Er nannte uns seine Wurzeln. Weil wir ihm halfen, sich am Boden festzuhalten. An einer vom Menschen gestalteten Realität.

Er teilte die Bilder mit uns. Die Bilder, die er in sich trug und die wir ab diesem Moment in uns tragen würden.

Seine Vision.

Wenn er sprach, war es, als würde man selbst seine Gedanken denken.

Als seien sie schon immer da gewesen, und seine Worte waren nur der Regen, der die Saat keimen ließ.

Als wären die Erinnerungen, die er mit uns teilte, unsere eigenen. Als hätten auch wir dem Leben bei seiner Entstehung zugesehen.

Das Heim fand sich bald in tiefer Harmonie wieder.

Aus verhaltensauffälligen Kindern wurden zufriedene Kinder, die hinter dem Hauptgebäude einen Gemüsegarten anlegten.

Ratlos beobachteten die Erzieher diese Entwicklung, die sich ihrem Einfluss und ihrer Vorstellungskraft entzog. Sie ahnten nicht, dass die Veränderungen, die sich vor ihren Augen abspielten…

… die Anfänge einer neuen Welt waren.

Ein halbes Jahr nach seiner Ankunft beschloss er zu verschwinden. Wir halfen ihm dabei.

Es war vom ersten Tag an spürbar gewesen, dass er ohnehin nur für einen Augenblick erschienen war, sich uns nur für diesen Moment zeigte.

Wir horteten Proviant, brachen in das Büro ein und klauten Laptop und Diensthandy der Leiterin.

Er sagte, dass wir Geduld haben sollten. Er würde uns ein Zeichen geben, wenn die Zeit reif war. Dann würde er ein wirkliches Zuhause für uns schaffen.

Die verheißungsvolle Melodie der Insekten verklang, als er über die Mauer stieg. Uns war klar, dass die Dinge bald wie vor seinem Erscheinen sein würden.

Aber nur an der Oberfläche. Wir wussten, wer uns berührt hatte, wem wir begegnet waren: der Erde selbst, ihrem fleischgewordenen Sohn.

Er schlug sich durchs Unterholz und wählte noch in derselben Nacht seinen Namen.

II

Earthboi (@realearthboi)

Die ersten zwei Wochen verbrachte er in dem Waldstück hinter dem Einkaufszentrum. Er verschmolz mit seiner Umgebung, bis die Suche nach ihm abgebrochen wurde.

Dann montierte er das Solarpanel ab und brach in die Camping- und Technikabteilungen des Einkaufszentrums ein. Er bereitete sich vor.

Auf das, was wir seine zweite Reise nennen. Die führte ihn tief in den Nationalpark hinein, wo er sein Camp errichtete.

Der Zeitpunkt war gekommen, in Kontakt mit der Welt zu treten. Von einem der entlegensten Orte der Welt aus ging er online.

Er richtete seine Accounts ein und begann bei null. In seinem ersten Video erklärte er, wie man seine Umgebung analysierte...

... wie man sich mit ihr verband, indem man etwas aus ihr zu sich nahm. Am besten ein wenig von allem.

Wie der Körper einem dann sagte, welche Nährstoffe auf Dauer wie wichtig waren und worin sie in welcher Konzentration vorhanden waren.

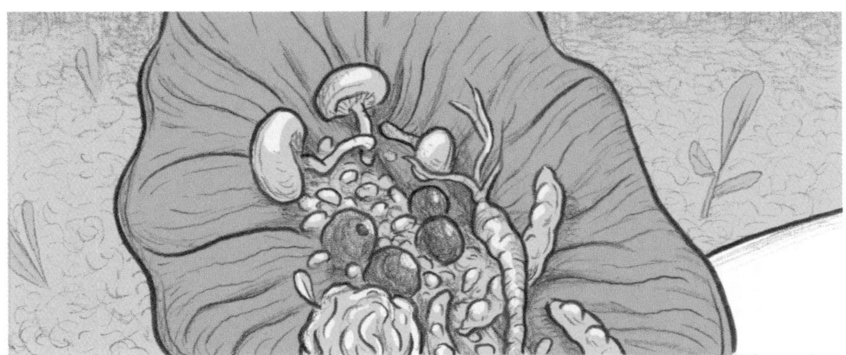

Wo man all diese Nahrungsmittel fand und wie man sie auf Dauer nachhaltig, im Einklang mit ihrer Umgebung kultivieren konnte.

Wie man sich die gewonnene Energie am besten einteilte, wie man in fast vollkommener Symbiose mit der Natur leben konnte.

So begann er sein Leben im Wald und teilte es mit der Welt. Schon damals gelang es ihm, durch die Bildschirme hindurch zu wirken. Wer auf seinen Kanal stieß, hörte ihm zu.

Er erzählte Dinge über den Planeten, die Wissenschaftler in Staunen versetzten. Über sein tatsächliches Alter, das Kommen und Gehen der Arten durch die Perioden der Erdgeschichte.

Jenseits der Kamera hielt er seinen Körper feucht. So, wie er ihn bekommen hatte. Das öffnete seinen Geist dem Geruch, dem er sich jeden Tag hingab.

Dieses Ritual befähigte ihn dazu, vor der Kamera kleine Wunder zu vollbringen. Earthboi wurde bald zu einer Berühmtheit in der Outdoorszene.

„21st century gatherer", „sustainable nature hacks" und „guide to assisted evolution" wurden seine erfolgreichsten Videoserien, in denen er die nächsten Jahre den meisten Content postete.

Mit der Zeit wurde er ein Internetphänomen.
Der zerzauste Junge, der behauptete, im Wald zu leben …

… der erklärte, wie man seinen Carbon-Footprint aufs Jahr hochrechnete und ressourcenschonend existierte. Ein Junge, den Wissenschaftler bald als Wunderkind bezeichneten.

Doch er sprach auch von einem nie da gewesenen menschengemachten Massensterben.

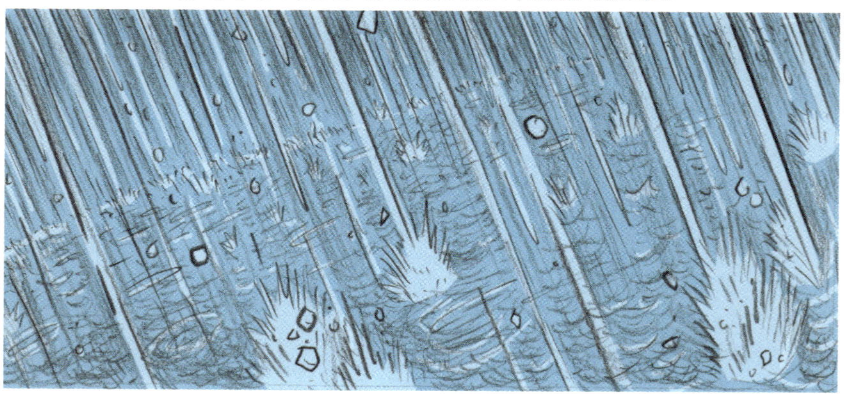

Vom nahenden Kollaps der Ökosysteme.
Vom Menschen als geologische Kraft.

Er zeigte die Ausläufer seiner Zerstörung,
die bis in das Schutzgebiet hineinreichten...

... als eine Sturzflut im Sommer weite Teile rund ums Flussbett zerstörte
und der Fluss im nächsten Jahr fast vollständig austrocknete.

Zum ersten Mal wirklich viral ging er in seinem dritten Jahr im Wald als Initiator des „damp memes".

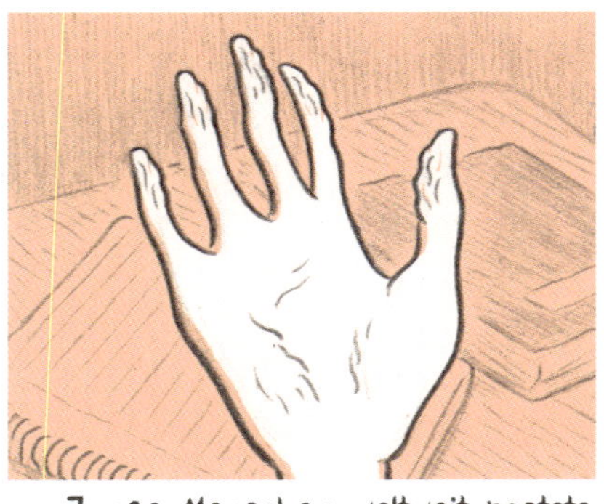

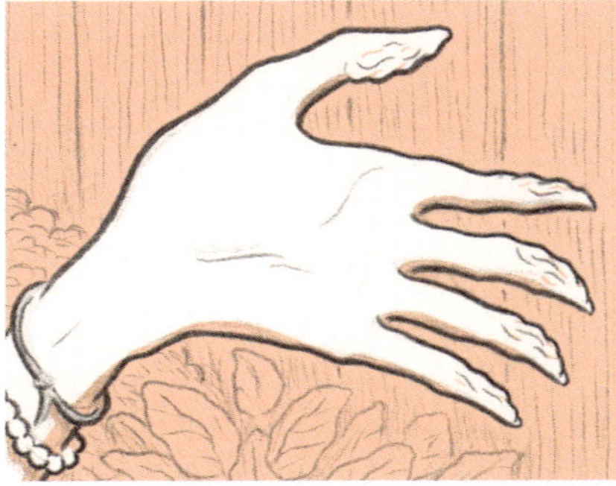

Junge Menschen weltweit posteten unter dem Hashtag #moistfuture ihre von Wasser aufgeweichten Hände „als Zeichen gegen eine Welt, in der Landmassen im Meer" verschwanden…

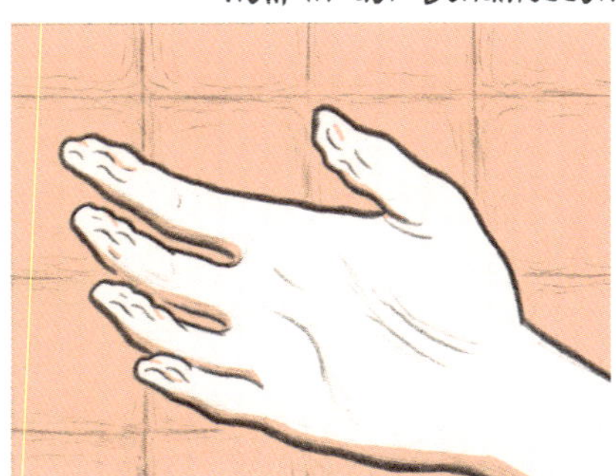

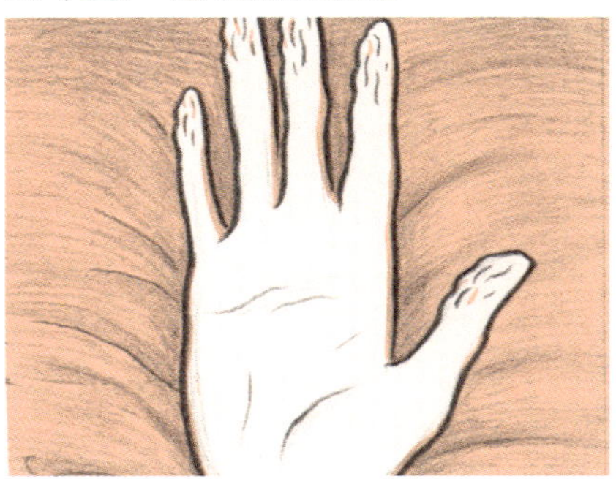

… „weil Vorgängergenerationen alles haben, essen und überall hinfliegen" wollten. So schrieb ein namhaftes Online-Magazin in einem Feature über ihn.

Is Earthbo
shift the d

Teen online herm
his inspiring purs

>> read full fe

Darin wurde er als immer wichtiger werdendes Sprachrohr einer Generation beschrieben, die sich betrogen fühlte.

Seine Follower- und Subscriber-Zahlen stiegen beträchtlich. Wir folgten ihm natürlich auch. Aber Kontakt hatten wir nicht. Wir wussten, wir mussten warten, bis er zu uns sprach.

Für seinen nächsten Schritt brauchte er Geld. Er akquirierte die vertretbarsten Sponsoren für Product Placements.

Dazu musste er manchmal Tagesmärsche in die Zivilisation unternehmen.

Auch um Samen und Sporen als Give-aways an seine Patreon-Supporter und Follower zu verschicken.

Seine wachsende Anhängerschaft blieb ihm über die Jahre treu. Viele junge Menschen wuchsen gemeinsam mit ihm auf. Sie sahen ihm jeden Tag dabei zu, wie er sein Leben im Wald meisterte und optimierte ...

... indem er einen extrem nährstoffreichen essbaren Algenhybriden züchtete, der ein Vielfaches an Kohlendioxid aufnahm ...

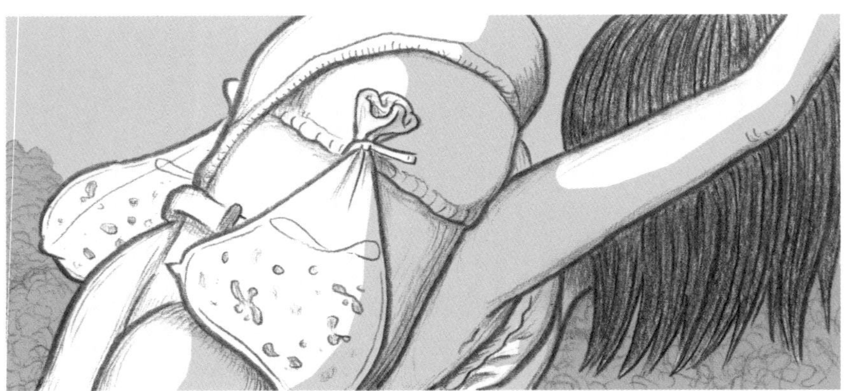

... und indem er Pilzkulturen kreuzte, die seine Pflanzen resistenter und ertragreicher machten, ohne dabei den Boden auszulaugen.

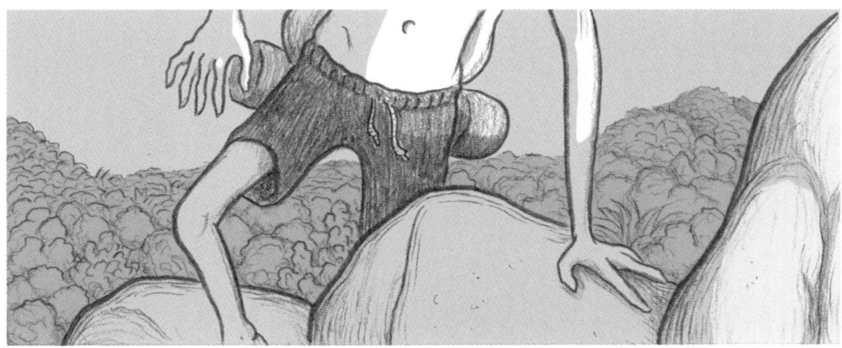

In Foren wurden Screenshots und Fotos abgeglichen, um seinen Standort zu bestimmen. Menschen waren besessen von ihm.

Sobald er spürte, dass sich seine Anwesenheit nachteilig auf das Ökosystem auswirkte oder er Gefahr lief, entdeckt zu werden, zog er weiter. Der Nationalpark war groß.

Als er sicher war, sich vorerst ausreichend im Bewusstsein der Menschen eingebettet zu haben, verließ er den Wald...

... und begann, was wir seine dritte, seine große Reise nennen.

Er schlief unter freiem Himmel oder wo er unterkam, aß, was er fand oder was ihm geschenkt wurde.

Unter dem Hashtag #usemyoutlet boten ihm Follower weltweit ihre Steckdosen an, damit er seine Akkus laden konnte.

Er sah sich das Zusammenleben der Menschen aus nächster Nähe an...

... und produzierte dabei stets Content für seine Kanäle.

Große Wellen schlug seine „farewell"-Videoreihe.

Wenn er die Möglichkeit bekam, einen Endling – das letzte lebende Exemplar einer Tierart – in seiner Schutzstation zu besuchen...

... dann nahm er lange vor der Kamera Abschied und teilte diesen Moment. Damit traf er einen Nerv.

Er postete oder streamte live, von wo immer er war.

Er sah sich die Welt in all ihren Zuständen an.

Er wollte die tiefen Spuren des Menschen
in ihr mit eigenen Augen sehen.

Nicht nur durch seine Erinnerungen.

In dieser Zeit veränderte sich sein Körper.

Er begann, ihn zu schmücken.

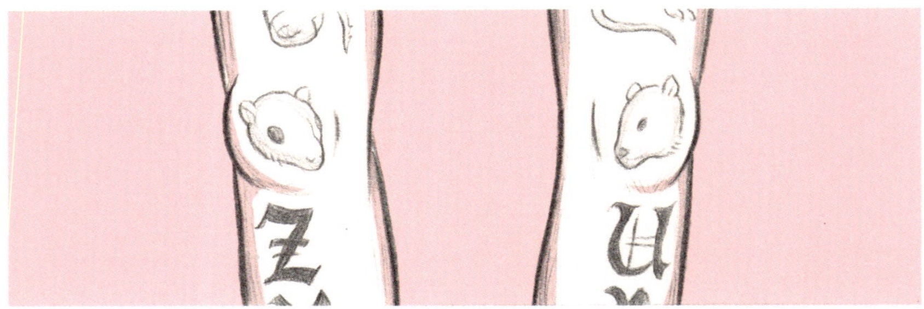

Er ließ sich die Namen und Konterfeis ausgerotteter Tiere auf der Haut verewigen.

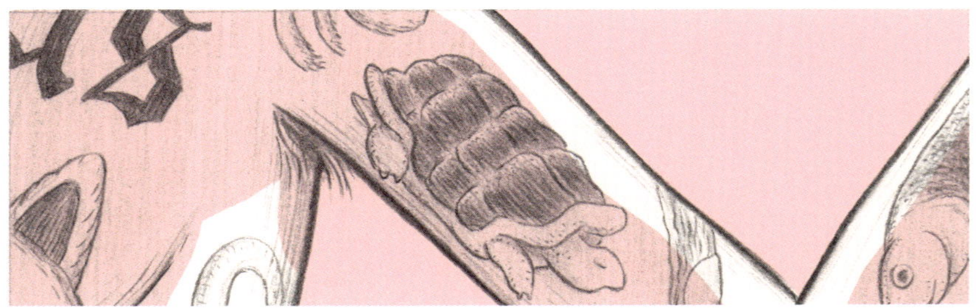

Viele seiner Follower taten es ihm gleich.

Er wurde zum Idol und zum Schwarm.

Ein Jahr später listeten ihn die wichtigsten Publikationen unter ihren „top ten influencers of the year".

Er war in Kontakt mit dem Menschen getreten.

Er passte in die Zeit. In der die meisten Leute die Welt retten wollten, aber niemand wusste, wo man anfangen sollte.

Er schien es zu wissen. Er schien etwas zu wissen, das niemand sonst wusste.

Am Ende seiner großen Reise lebte er das Leben eines Rockstars.

Wo er auftauchte, umgarnten ihn die Coolkids...

... luden ihn die Stars zu ihren Partys, in ihre Anwesen und die Soho Houses dieser Welt ein.

Künstlerinnen und Künstler empfingen ihn in ihren Studios. Seine Worte inspirierten Bilder, Lieder, ganze Konzeptalben.

Es war eine Zeit großer Stimulation und Ekstase für Earthboi.

Doch es war auch eine Prüfung.

Denn es gab immer wieder Zeiten, in denen sich sein menschliches Bewusstsein so sehr verfestigte, dass er Angst bekam, sein überzeitliches, sein wahres Ich zu verlieren.

Doch es war wichtig, möglichst lange in diesem menschlichen Zustand zu verweilen.

Es war seine Methode, den Menschen zu verstehen. Was ihn antrieb, was ihn glücklich machte.

Sie ließ ihn erkennen, dass es zur Verwirklichung seiner Vision…

… zuallererst einen nachhaltig zufriedenen und ausgeglichenen Menschen brauchte…

… der begriff, dass er schon alles hatte.

Earthboi hatte den Weg erkannt, spürte aber ganz deutlich, dass ihm noch etwas fehlte. Was es war, wusste er nicht.

Aber er spürte auch, dass es am Ende seiner Reise auf ihn wartete.

III

Yu (@yu__tube)

Yus Tage als Programmiererin lagen in ihrer kurzen, intensiven Karriere relativ weit zurück. Doch ihre Skills waren unbestritten.

Als sie und Earthboi begonnen hatten, einander zu folgen, hatte das Internet verrückt gespielt...

maybe I can help? 

Typing...

 Message...   

... als sie dann den Screenshot ihrer DM gepostet hatte, war es explodiert.

maybe I can help? 

maybe you can  

 Message...   

Es hatte gewollt, dass die beiden zusammenkommen.

Coding-Wunderkind...

... turned teen CEO (für Photo-Editing-App-Start-up)...

... turned Pro-Gamerin...

... turned Model...

... turned Organic-Fashion-Line-Designerin...

yu__tube

... turned Sustainable-Lifestyle-Youtuberin...

yu__tube

yu__tube

... turned Installationskünstlerin.

yu__tube

Es war schwierig, Yu als Person des öffentlichen Lebens auf den Punkt zu bringen.

Vermutlich machte genau das sie aus.

Das und die Tatsache, dass sie niemals vergaß, wo sie herkam.

Sie hatte einen beachtlichen Teil ihres Lebens live mit der Welt geteilt...

... und war über die Jahre zu einer der wichtigsten Influencerinnen auf ihren Gebieten geworden.

Ihre Haltung und ihre Inhalte hatten sich über
die Jahre von #healthgoth über #veganlife…

… immer mehr in Richtung #zerowastelife,
#environmentalism und #noplanetb verschoben.

Ihre und Earthbois Geschichten wurden miteinander verglichen.

Weil sie beide nicht privilegiert in diese Welt gekommen waren – jedenfalls nicht finanziell – und etwa zeitgleich Gewaltiges geschaffen hatten.

Weil sie beide etwas verändern wollten.

Die Sinnsuche hatte Yu früh umgetrieben.

Sie wusste, dass der Erfolg und ihre Mainstreamkarriere sie niemals erfüllen würden.

Am Ende der Suche standen ihre Anfänge: nachhaltige Wohnkonzepte und das Leben in der Rauminstallation.

Ihr eigentliches Haus war ein Relikt aus einer anderen Zeit.

Es war längst zum Verkauf ausgeschrieben. Sie war im Begriff, alles hinter sich zu lassen.

Earthbois Erscheinen bestätigte ihren Entschluss bloß.

Er beschrieb uns später den Moment, als sie sich zum ersten Mal gegenüberstanden, und das Gefühl, das in ihm wuchs.

Wie sie sich einfach nur anstarrten, bis Yu als Erste sprach.

Sie fragte, ob er gekommen sei, um ihre Steckdose zu benutzen, und brach dann in Lachen aus.

Das Internet sollte recht behalten.

Die beiden verschmolzen sofort.

Er erzählte uns, dass er, obwohl er mit all seinen Sinnen dem Leben bei seiner Entstehung zugesehen hatte…

… ein vergleichbares Gefühl noch nie empfunden oder beobachtet hatte.

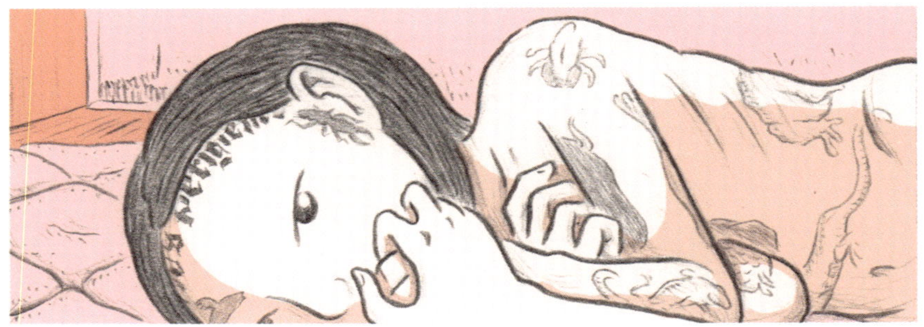

Die beiden verliebten sich.

Er wusste, dass er gefunden hatte, was ihm fehlte.

Er zog bei ihr ein und ließ seine Alge in ihrem Pool weiterwachsen.

Yu war der erste Mensch, mit dem er wirklich Zeit verbrachte.

Die erste Person, mit der er einen Alltag teilte.

In diesem neuen Biotop begann er mit der Arbeit.

Yu wies ihn in die Basics ein und half hier und da mit der Technik. Sein Kopf war wie ein Schwamm.

Wenn sie manchmal ein paar Tage unterwegs war und dann wiederkam, hatte er hunderte Zeilen Code geschrieben.

Während dieser Zeit vernachlässigte er seine Ökobilanz.

Es war für einen höheren Zweck.

Es ging nur darum, seinen Körper und
Geist möglichst lange wach zu halten.

Monatelang programmierte und konzipierte er, sprach zahllose Stunden Material ein.

In den kreativen Pausen, zu denen er sich zwang, benetzte er seinen Körper und versenkte sich in seine Erinnerungen.

Er schaffte es zum ersten Mal, selektiv genau jene heraufzubeschwören, die für sein Projekt relevant waren:

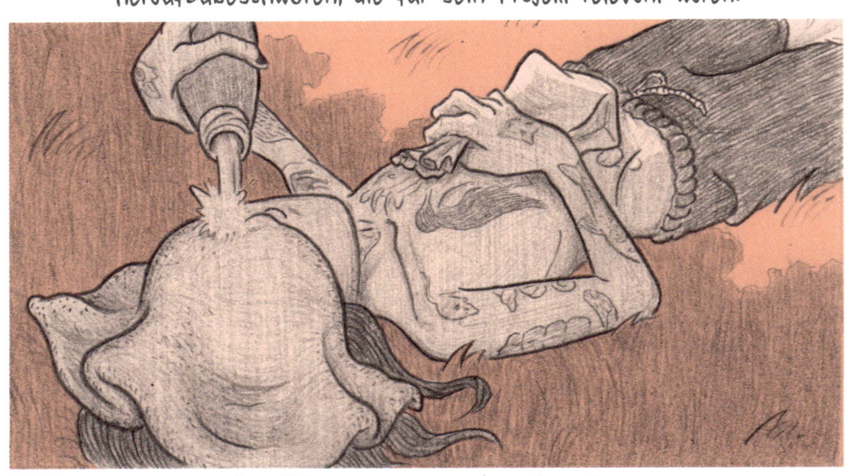

seine Erinnerungen an den Menschen.

Weil er ihn jetzt verstand. Weil er selbst nun den vielleicht wichtigsten Teil der menschlichen Erfahrung erlebte.

Weil es einen neuen Geruch gab, der ihn dazu befähigte:

den Duft von Yu.

IV

Erinnerungen an den Menschen

Niemand hatte gewollt, dass es so weit kommt.
Ackerbau, Städte, Geld, freie Marktwirtschaft:

Der Mensch hatte all seine Systeme gebaut,
um zu überleben, und steckte jetzt darin fest.

Es war einfach alles zu viel geworden.
Diese nie endende Wachstumsbesessenheit.

Der Mensch hatte eine Pause verdient.

Er musste seinen Blick nach innen richten,
um ihn wirklich nach außen richten zu können.

Um den Moment, in dem er existierte,
und die Welt um ihn herum zu sehen.

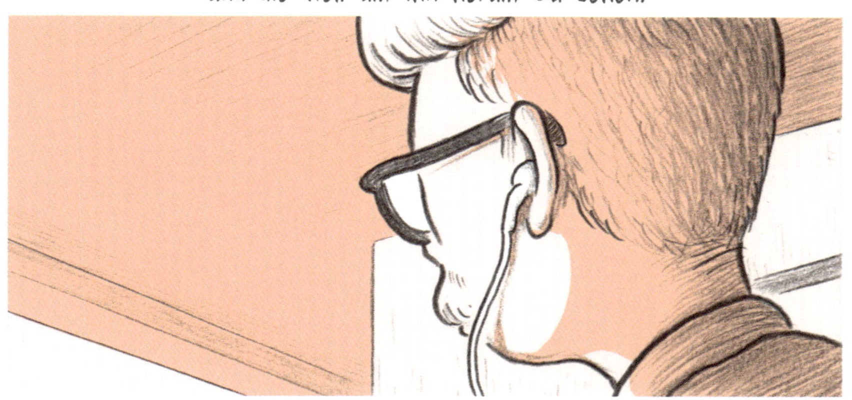

Um ihre Begrenztheit zu erkennen und was er ihr antat.

Und um sie dann zu heilen.

Die App war am ehesten mit einer Art Meditations-App vergleichbar.

Man benutzte sie einmal täglich für zehn bis zwanzig Minuten oder solange man eben wollte.

Die Geheimzutat war Earthboi.

Seine Worte entfalteten sich im Inneren, ohne dass man sich dabei ständig bewusst war, dass man die App überhaupt benutzte.

Damals existierten über jeden Einzelnen so viele Daten wie nie zuvor.

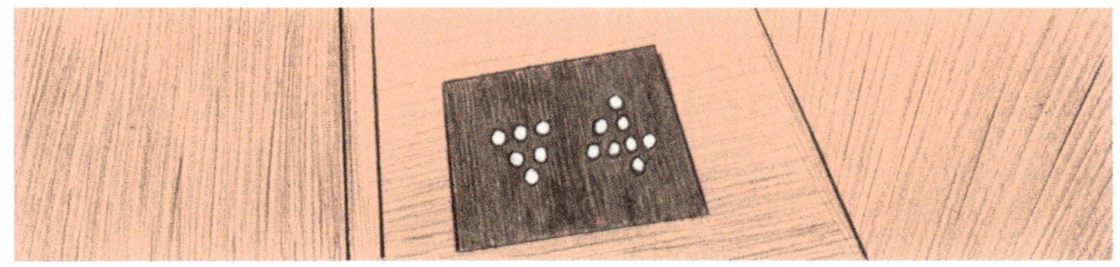

Die App wusste sie richtig zu bündeln, um ihren User zu verstehen und ihm wirklich zu helfen.

Wer ihr vollen Zugang zu sich gab, fand sich schon bald entspannter, konzentrierter.

Und das waren nur die ersten, direkt spürbaren Effekte.

Solche, die konkret im Alltag von Nutzen waren.

User weltweit würden Wochen später berichten, dass sie sich selbst...

... und Antworten auf Fragen fanden, die zu formulieren ihr ganzes bisheriges Leben eingenommen hatte.

Dass sie die Dinge zum ersten Mal wirklich klar, ohne Filter zwischen sich und der Welt sahen.

Ohne das ständige Rauschen.

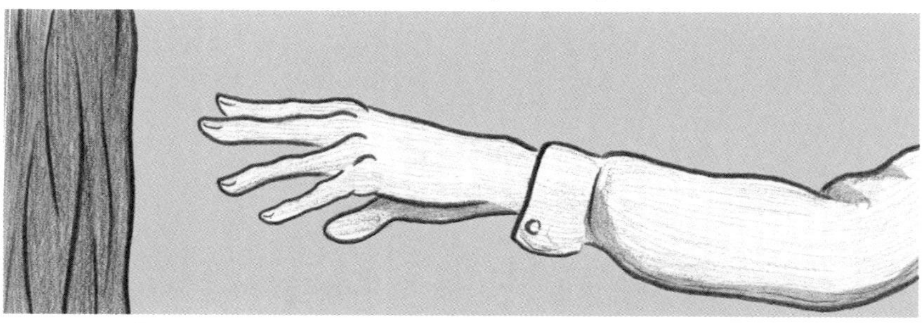

Dass sie sich zum ersten Mal wirklich wach fühlten.

Earthboi verstand das Wesen des Menschen auf organischer Ebene, er kannte ihn bis in den letzten Winkel. Er hatte ihm bei seiner Entstehung zugesehen.

Und er nutzte dieses Wissen, um eine Welt mit zufriedenen, bewussten Menschen zu schaffen.

Earthboi und Yu feierten den Launch gemeinsam.
Am nächsten Morgen packte er seinen Rucksack.

Er begab sich auf die Spuren seiner Vergangenheit.

Auf die Suche nach dem Ort, an dem er
in seinem menschlichen Körper erwacht war.

Auf seine letzte Reise.

Sie dauerte zwei Wochen, während denen
die App und ihre Nutzerzahlen explodierten.

Sie schlug ein. Sie funktionierte.

Ohne dass Experten genug Zeit gehabt
hätten, um zu verstehen, warum und wie.

V

Erde

In ihrem Idealzustand ist die Natur in perfekter Harmonie: Während sich Earthbois Bewusstsein langsam in seinem menschlichen Gefäß manifestiert hatte…

… war nur wenige Meter entfernt ein anderer Körper aus der Welt verschwunden. Aufgelöst durch fast brühend heißes Wasser, das über Tage unvermindert in die Badewanne geflossen war.

Der aufgelöste Körper, der in jede Fuge des Hauses drang, gehörte dem Besitzer der alten Freizeitanlage.

Zurückgezogen hatte er hier seine letzten Jahre verbracht. Das Gelände war verwildert.

Das Haus, in dem man seine Überreste fand, war so verwahrlost wie die Ferienwohnungen auf dem Areal.

Die Behörden hatten vergebens nach Angehörigen gesucht. Doch sie hatten Gegenstände gefunden, die nahelegten, dass er dort nicht allein gelebt hatte.

Gegenstände, die auf die Anwesenheit eines Kindes hingedeutet hatten.

Das Areal war seither unberührt geblieben, es interessierte niemanden. Earthboi kaufte es am Tag seiner Ankunft von seinem Patreon-Geld.

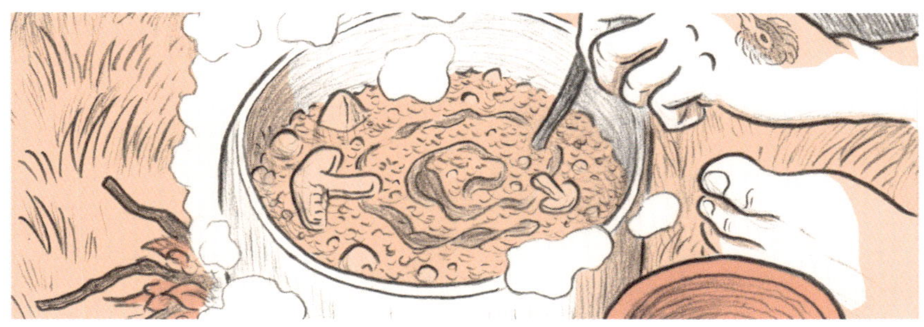

Dazu gehörte auch ein Teil des angrenzenden Waldes hinter dem Golfplatz.

An diesem Ort würde Earthboi den Menschen in den Zustand zurückversetzen...

... in dem er ihn schon früher erlebt hatte. Als er zufrieden und frei gewesen war. Vor Tausenden von Jahren.

Hier herrschten die perfekten klimatischen Bedingungen für das, was für seine Vision wachsen musste.

Seine Pflanzen und Pilze, seine Gedanken.

Hier würde er die Worte finden, die ihm fehlten. Und hier würde er die Grenzen zwischen sich und uns auflösen.

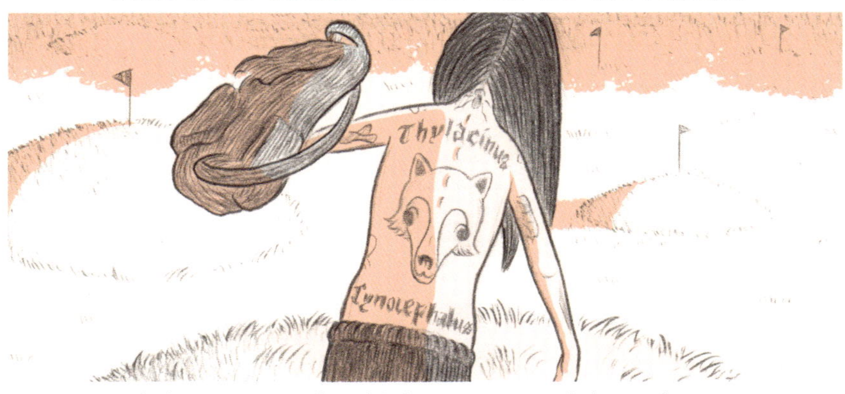

Indem er uns alles lehrte. Um uns auf das Leben in der Welt vorzubereiten, die er erschaffen würde.

Das war der Augenblick, in dem er zum ersten Mal wieder zu uns sprach. Er hatte uns alle ausfindig gemacht und mit einer Gruppennachricht kontaktiert.

Er rief uns zu sich. Auch Yu sei auf dem Weg. Er erklärte, dass der Moment gekommen sei, den Grundstein für unser Zuhause zu legen…

… ihn auf dem Weg zur Realisierung seiner Vision zu begleiten und beim Übergang zu helfen.

Die wenigsten von uns waren nach der Zeit im Heim miteinander in Kontakt geblieben.

Doch uns allen schien ein ähnlicher Weg beschieden gewesen zu sein: Wir waren Außenseiter geblieben, daran hatte sich nichts geändert.

Einige dem Leben näher, andere dem Abgrund.

Doch Earthboi hatte in uns allen nachgehallt.

Und als er uns das Zeichen gab, musste niemand lange überlegen. Es gab nicht viel aufzugeben.

Und obwohl wir jeden seiner Schritte mitverfolgt hatten und er so jeden Tag bei uns gewesen war:

Die Vorstellung, dass wir uns wiedersehen würden, war fast surreal.

Als die Ersten von uns eine Woche darauf ankamen, wurden gerade die Server geliefert. Deswegen holte Yu uns vom Flughafen ab. Sie war kurz nach Earthboi eingetroffen. Gemeinsam bereiteten sie alles vor.

Sie hieß uns willkommen, umarmte uns alle einzeln. Auch wenn wir enttäuscht waren, dass er nicht selbst gekommen war...

... freuten wir uns, sie endlich kennenzulernen. Wir spürten, wie wichtig sie für Earthbois Vision war.

Auf dem Weg durch den Wald wich
unsere Aufregung einer natürlichen Ruhe.

Der Regen empfing uns, durchnässte uns vollkommen.
Er wusch unsere alten Leben fort und ließ uns wissen,
dass wir am richtigen Ort waren. Wir waren angekommen.

Als sich Earthbois Silhouette vor dem Haus abzeichnete ...

... erfüllte uns ein Gefühl absoluter Geborgenheit.

Wir umarmten einander lange, und es war nicht ein Tag vergangen, seit er damals in den Wald verschwunden war. Dann servierte er uns ein Gericht aus allem, was es in der Gegend zu finden gab.

So verbanden wir uns mit unserer Umgebung und redeten bis spät in die Nacht. Nicht über unsere Leben, die wir zurückgelassen hatten, sondern über das neue, das wir gemeinsam beginnen würden.

In dieser Nacht hörten wir zum ersten Mal wieder die Melodie der Insekten.

Schon am nächsten Tag begannen wir mit den Renovierungsarbeiten, dem Bau der neuen Häuser und des Treibhauses nach Yus Bauplänen.

Wir waren wie im Rausch – endlich begannen wir, unser Zuhause zu bauen. Wir waren die Pioniere einer neuen Welt.

Als irgendwann die ersten Räume bewohnbar waren, verschickte Earthboi personalisierte Einladungen.

An eine handverlesene Liste von Namen, die Yu und er zusammengestellt hatten.

Die Youtuber und Stars, von denen sie wussten, dass sie kommen würden.

Die Multiplikatoren.

Earthboi war nicht stolz darauf, aber ihre Accounts ermöglichten eine enorme Reichweite. Sie waren essenziell für unser Vorhaben.

Zwei Wochen später öffnete er die Tore dann auch für seine regulären Follower. Über die nächsten Wochen kamen täglich mehr durch den Wald.

Studenten, die eine andere Welt wollten, CEOs, die ihre kenternden Start-ups verließen.

Banker, die in der Mittagspause über der App entschieden hatten, alles hinzuschmeißen. An der Campingausrüstung noch die Preisschilder.

Hier hoben sich alle Titel und Rollen der alten Welt auf, hier wurden alle gleich. Verbunden durch die App und durch Earthboi.

Denen, die erst Monate später anreisten,
bot sich schon ein ganz anderes Bild:

Alles lebte, alle bauten, pflügten, pflanzten, packten mit an.

Den Golfplatz funktionierten wir zu einer riesigen Gartenanlage um.
Die Bewohner bestellten Felder, bauten Reis an.

Earthboi gab dem Ort den Namen „Erde". Weil er den Idealzustand verkörperte. Das Gleichgewicht, in dem der Planet bewohnt werden konnte.

Wie es hatte werden sollen, bevor der Mensch sich in seinen Phantasmagorien verloren hatte.

Hier würde Earthbois Vision beginnen. Erde würde sich ausbreiten und eines Tages den ganzen Planeten umfassen.

Draußen wollten selbst ernannte Visionäre den Mars besiedeln und ihre Gehirne digitalisieren.

Earthboi zeigte uns das Hier und Jetzt. Zeigte uns den Weg, den Planeten doch noch zu retten.

Dazu wurde alles mit der Außenwelt geteilt. Jeder sollte sehen, dass diese Welt möglich war.

Diese Bilder wurden damals für viele Menschen in den Städten zum Inbegriff eines neuen Weltgefühls und einer Alternative:

die Erlösung von sozialem Druck und Depression. Von genetisch modifizierter Nahrung und Luftverschmutzung.

Vor allem aber repräsentierten diese Bilder eines nachhaltigen Lebensansatzes den ultimativen persönlichen Beitrag zur Abwendung der ökologischen Katastrophe.

Oder zumindest die Absolution von der eigenen Mitschuld daran.

Und es waren Bilder eines Alltags, in dem alle Aufgaben hatten und für das Wohl der Gemeinschaft mitverantwortlich waren, aber dennoch genug Zeit zur Selbstverwirklichung blieb.

Was Earthboi den Multiplikatoren beibrachte, um sich mit der Natur zu verbinden, teilten diese mit ihren Followern. Auf diesem Weg verbreitete sich seine Lehre über seinen Radius hinaus.

Earthboi brachte den Menschen wieder in Verbindung mit seinen Instinkten und seinem Ursprung. Er zeigte ihm, dass diese Art zu leben die richtige, die einzig realistische war.

Ein Lebensentwurf, der eine Schnittmenge für die unterschiedlichsten Menschengruppen bildete:

die Idee von Unabhängigkeit und Selbstversorgung...

... die Idee eines sicheren Ortes in einer unwirtlichen Welt. Ein Leben, das in seiner Einfachheit befreiend war.

Die Anzüge waren bloß ein Mittel, diese Reduktion aufs Wesentliche zu unterstreichen.

Die Abkehr von Ideologien und sozialen Rängen. Neuankömmlinge nähten sie bei ihrer Ankunft aus ihren alten Kleidern und Pflanzenfasern aus eigenem Anbau. Design by Yu.

Auch die neuen Wohnräume...

... und die gesamte Infrastruktur trugen ihre Handschrift.

So auch das Treibhaus, das wichtigste Bauwerk von allen. Earthbois Rückzugsort. Hier fanden die wichtigsten Prozesse in Erde statt.

Hier löste Earthboi die Trennung zwischen sich und uns auf. Indem er uns jeden Tag zu sich rief, um uns alles beizubringen. Damit wir all sein Wissen in uns aufnahmen.

Hier gab er sich jeden Tag der geistigen Versenkung und dem Geruch hin.

So perfektionierte er, woran er sein Leben lang gearbeitet hatte: Er kreierte neue, resiliente Pflanzen …

… züchtete ein Korallenriff, das – ausreichend gewachsen – resistent gegen den Temperaturanstieg der Meere sein würde.

Er schuf einen Garten Eden der assistierten Evolution.

Es war ein heiliger Ort.

Hier schrieb er und sprach in die App ein...

... updatete sie jeden Morgen.

Hier fand er nach und nach die Worte,
nach denen er in Erde gesucht hatte.

Die Worte, die unsere Vision Wirklichkeit werden lassen sollten.

Ein weiterer wichtiger Bestandteil der Erderfahrung war das Spirit Animal.

Alle Bewohner mussten irgendwann ihres suchen.

Das Spirit Animal war keine Metapher für innere Eigenschaften. Darum ging es nicht.

Aus Gründen der Nachhaltigkeit war es in den meisten Fällen ohnehin einfach eine Eidechse oder Spitzmaus.

Unter Earthbois Anleitung konnte der Geruch dann in Mikrodosen aufgenommen werden.

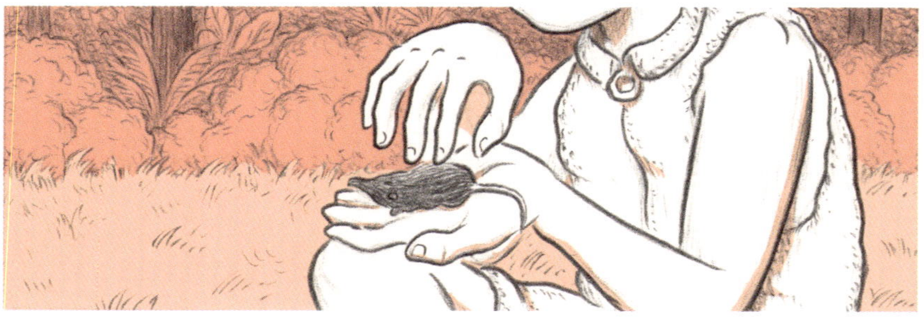

Er erklärte, wie man die Erinnerungen las, die darin lagen.

Der Geruch war die letzte Zutat, durch die man sich unauflösbar mit der Natur verband.

Er offenbarte uns diese Verbindung in ihrer ganzen Herrlichkeit. Offenbarte uns unseren Platz im Universum.

Er ließ uns die Rotation des Planeten spüren, auf dem wir standen, ließ ihn uns aus der Ferne betrachten...

... ließ unseren Blick sich weiter und weiter ausdehnen. Er komplettierte Earthbois Worte durch eine innere Erfahrung.

Diese Erfahrung war vorerst nur uns Erdbewohnern vorbehalten.
Es erschien unmöglich, sie mit der Außenwelt zu teilen.

Doch Earthboi fand einen Weg, sie in eine physische Form zu übertragen.

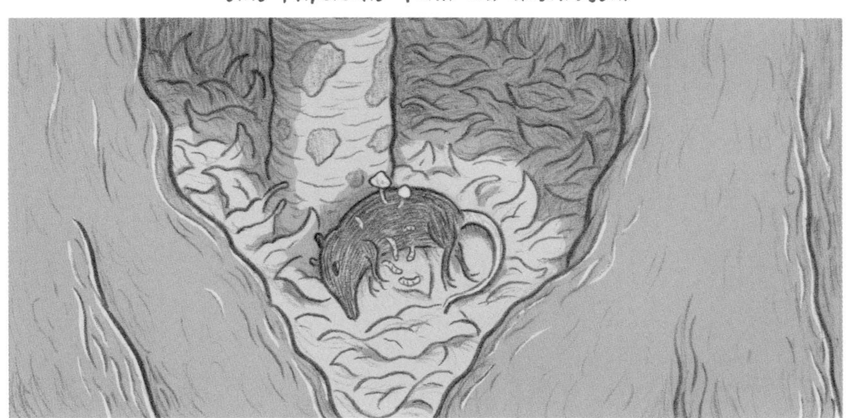

Der Pilz transportierte nicht nur die Erfahrung des Rituals...

... sondern war darüber hinaus enorm nährstoffreich.

Aus ihm und der Alge, die im See gedieh wie nie zuvor...

... wurde eine Art Smoothie gewonnen, der bald den Großteil des täglichen Kalorienbedarfs in ganz Erde deckte.

So wurde der Lebensmittelverbrauch extrem gering gehalten. Es war ein ökonomisches Wunder. Sporen des Pilzes und Ableger der Alge wurden zum Nachzüchten an Follower weltweit versandt.

Das Rezept für den Smoothie und neue Erkenntnisse aus Erde wurden direkt über die App und die Multiplikatoren geteilt.

Follower weltweit begannen diese umzusetzen. Überall sprossen kleine inoffizielle Satellitenprojekte nach dem Vorbild von Erde aus dem Boden. Als Gartenprojekte in den Städten, als Minikommunen auf dem Land.

Und an all diesen Orten versammelten sich bald Earthboi-Follower, um den Smoothie zu sich zu nehmen und so Teil von Erde zu sein.

Wenn Earthboi durch die Gärten strich, war es wie früher: Die Bewohner scharten sich um ihn…

… hingen an seinen Lippen, wenn er seine Eingebungen teilte und Anweisungen gab.

Wenn er die Pflanzen begutachtete, Fotos und Videos für seine Accounts machte, die inzwischen zu den meistgefolgten weltweit gehörten.

Er erreichte inzwischen so viele Menschen, wie er immer gewollt hatte. Die meisten von ihnen benutzten seine App und hörten seine Worte.

Wenn er das Ritual mit den Erdbewohnern praktizierte,
saugten wir alles auf, bis wir seine Methode verinnerlicht hatten...

... begriffen hatten, wie man das Ritual lehrte.

Wir spürten, es war nun bald an der Zeit für den nächsten Schritt.

Bald schon würden wir die Lehrer sein. Würden wir die
Erinnerungen an die Generationen nach uns weitergeben können.

So würden wir sie weit über unsere Existenz hinaus am Leben halten.

Sie die ganze Welt ausfüllen lassen.

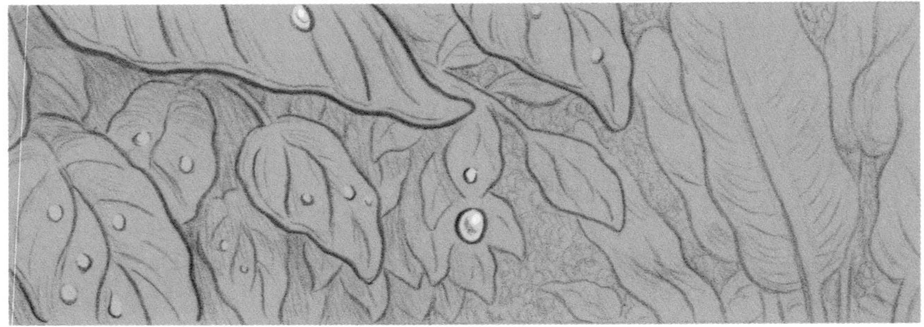

Wir wussten, der Moment stand kurz bevor:

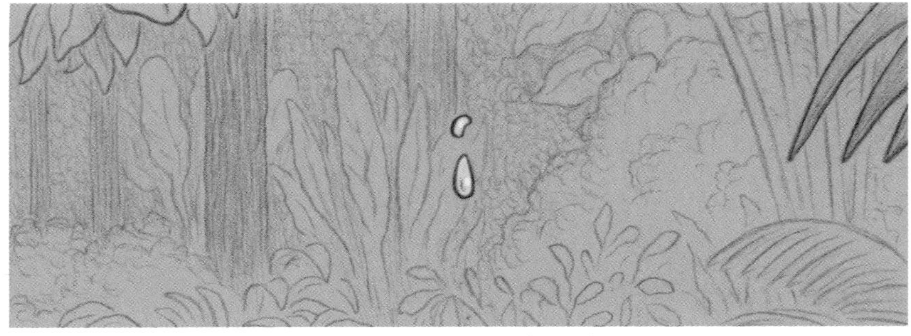

Earthboi bereitete sich darauf vor, in
seinen nächsten Zustand überzugehen.

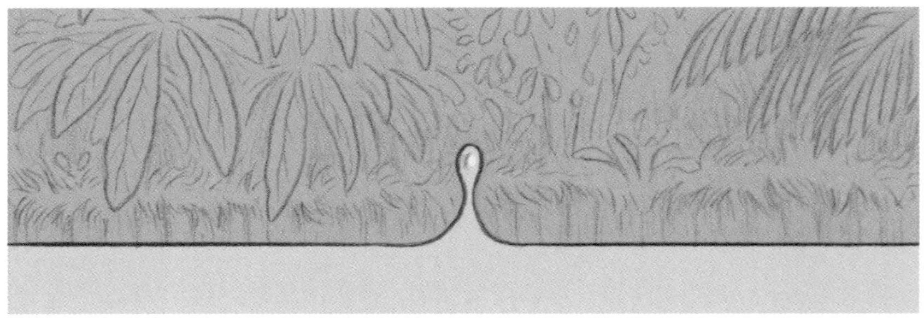

Darauf, vollkommen mit uns zu verschmelzen.

Wir würden unsere Bestimmung, den
Zweck unseres Daseins, endlich erfüllen.

Wir würden den natürlichen Lauf wiederherstellen.

VI

Vision

Doch Monate vergingen, ohne dass etwas passierte. Stattdessen hörte Earthboi eines Tages auf, das Ritual in Erde zu praktizieren.

Die Veränderung war nach und nach eingetreten:
Es hatte damit begonnen, dass wir Yus Blicke auf uns spürten.
Damit, dass er uns immer seltener zu sich ins Treibhaus rief.

Wir wussten, er hatte das Entscheidende eingesprochen.
Doch er updatete die App nicht mehr. Es war fast,
als hätte er vergessen, dass sie existierte.

Stattdessen verwendete er seine Zeit jetzt
auf den Ausbau des Waldstücks mit Yu.

Unter ihrer Federführung sollte Erde weiter nach außen geöffnet werden, sollte Wohnraum für Besucher entstehen...

... Workshops für Schulklassen und Lerngruppen stattfinden, um einen Einblick in den Lebensansatz zu ermöglichen. Earthboi zog uns weder zu Rate noch bat er uns zu helfen.

Erde wurde nach und nach zu Yus und seinem Gemeinschaftsprojekt. Die Menschheit schien in unsere Sphären und Earthbois Kopf einzudringen und ihn auf Irrwege zu führen.

Wir wussten, wie wichtig Yu für Earthboi und seine Bestimmung war.

Die Verbindung zwischen den beiden war es, die seinen Geist vollständig öffnete. Und ihm damit vollen Zugang zum Menschen verlieh.

Doch ihre Liebe band ihn auch am stärksten an seine temporäre menschliche Form.

Und wir sahen, dass diese Verbindung begonnen hatte, sein ganzes Bewusstsein einzunehmen.

Wann er aufgehört hatte, den Geruch einzuatmen, wussten wir nicht. Er gab sich zwar weiter, wenn auch immer seltener, der geistigen Versenkung hin…

… doch wir sahen es in seinem Blick: Darin lag nicht mehr seine Vision. Er hatte aufgehört, von ihr zu sprechen. Er war im Begriff, sie zu vergessen, sich zu verlieren.

Es war unerträglich. Wir wussten, dass wir handeln mussten. Es war unsere Aufgabe als seine Wurzeln.

Wir warteten. Lange. Die Gelegenheit ergab sich schließlich, als am anderen Ende des Landes ein Waldstück abgeholzt werden sollte. Yu zögerte.

Doch als tatsächlich Bulldozer anrückten, fällte sie einen Entschluss.

Sie postete einen Aufruf und gab dem Protest ihr Gesicht.

Follower vor Ort begannen, das Camp zu organisieren.

Wir zögerten nicht.

Die Tage, die folgten, bezeichnen wir als Earthbois Martyrium.

Der Regen war ein Zeichen und ein Geschenk der Natur: Sie rief nach ihrem Sohn.

Das Wasser durchnässte Earthbois Körper.

Es schuf die idealen Bedingungen, ihn wieder mit seinen Erinnerungen, seinem überzeitlichen Bewusstsein zu vereinen. Und mit uns.

Wir blieben die ganze Zeit über an seiner Seite und sprachen mit ihm.

Beschworen die Bilder herauf, die er mit uns geteilt hatte: die Erinnerungen, die Pläne, die Vision...

... und ließen ihn dabei den Geruch einatmen.

Es regnete tagelang.

Immer wieder trat sein wahres Bewusstsein an die Oberfläche.

Dann flehte er uns an, ihm zu helfen. Das waren die Momente, in denen wir Hoffnung schöpften.

Wir sahen, welcher Kampf in ihm tobte, und hofften, dass sein wahres Ich die Oberhand erlangen würde.

Doch der Mensch in ihm war stärker.

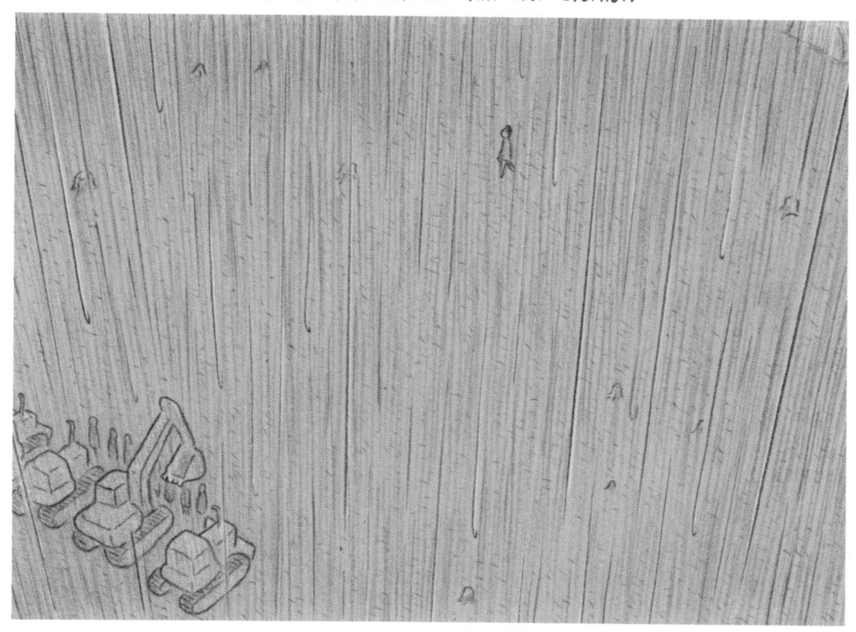

Der Regen schien nun die Stille zu füllen, die Earthboi hinterließ.

Der Klang der Natur, die um ihren verlorenenen Sohn weinte.

Als der Regen am Abend des dritten Tages aufhörte, hatten wir begriffen: Er war fort. Verloren.

Yu hatte ihn uns genommen. Uns allen.

Ihre Liebe hatte seinen Geist geöffnet und ihn zugleich eingesperrt.

Es war Zeit, diese Verbindung zu kappen. Yu würde bald nach Erde zurückkehren. Das Protestcamp war aufgelöst worden.

Wenn Earthboi sich der Vision versperrte, würden wir Yu, würden wir seine Liebe opfern. Für ihn. Für uns.

Er sagte nichts. Doch in seinen Augen sahen wir, dass er verstanden hatte.

Die Nacht brach herein, doch wir schliefen nicht.
Im Treibhaus trafen wir alle Vorbereitungen.

Wir durften jetzt keine Zeit mehr verlieren.

Schon am nächsten Morgen würde Erde beginnen,
sich über den ganzen Planeten auszubreiten...

... und unsere Zeit würde anbrechen.

Wir hatten immer gewusst, dass uns Earthboi nur für einen Moment erschienen war. Dennoch trauerten wir um ihn. Denn wir wussten, dass er eigentlich schon fort war.

Er selbst wirkte an diesem Morgen gefasst. Völlig erschöpft übergab er uns alle Passwörter und strich dann wie ein Geist durch den Garten.

Wir versicherten ihm, dass ihr nichts passieren würde, wenn er nur seiner Bestimmung folgte. Er schien beruhigt.

Die Taschen waren gepackt, wir waren bereit für unsere Abreise. Und für das, was wir Earthbois Heimkehr nennen.

Tatsächlich verließ an diesem Morgen
kein einziges Wort seinen Mund.

Er hatte sie längst gesprochen.

Wir updateten bloß die App und setzten sie frei.

Es waren die Worte, nach denen er in Erde gesucht hatte.

Die Worte, die er im Treibhaus gefunden hatte.

Earthbois Essenz.

Es waren nicht viele, doch in ihnen lag alles.

Oder vielmehr komplettierten sie andere Gedanken…

… die er seinen Followern bis dahin über die App offenbart hatte.

Sie vervollständigten sie zu einem Bild.

Sie verdichteten sich zu einer Botschaft, zur absoluten Gewissheit:

Der Planet war wehrlos.

Dem Menschen ohne Verteidigungsmechanismen ausgesetzt.

Der Mensch war in seinem Kern nicht zu ändern.

Seit seinem Erscheinen auf der
Bildfläche war alles schiefgegangen.

Er bekämpfte die Natur mit allen ihm zur Verfügung
stehenden Mitteln. Es war hoffnungslos.

Earthboi war gekommen, um sich für die Natur zu wehren.

Um den Krieg zu entfachen.

Unseren Krieg.

Seine, unsere Vision.

Der Krieg, den wir für ihn führen würden. Mit seinen Methoden.

Mit allem, was er uns gelehrt hatte.

Das hier war nur der Anfang.

Sein Beitrag.

Eine erste Machtdemonstration.

Eine Warnung an die, die nicht von sich aus folgen würden.

Um es ihnen unmissverständlich klarzumachen:

Es gab nur diesen einen Weg.

Earthboi war nur erschienen, um ihn zu ebnen.

Er hatte seine Bestimmung fast erfüllt.

Es blieb nur noch eins zu tun: zum Ganzen zurückzukehren, sich wieder in den Kreislauf einzureihen. Zu dem Geruch zu werden.

Als das Update beendet war, ging der Livestream online und die Welt sah Earthboi verschwinden.

Die Botschaft aus der App schloss den Kreis in den Köpfen der User.

Das, was die Behörden und Medien später als Signal bezeichnen würden.

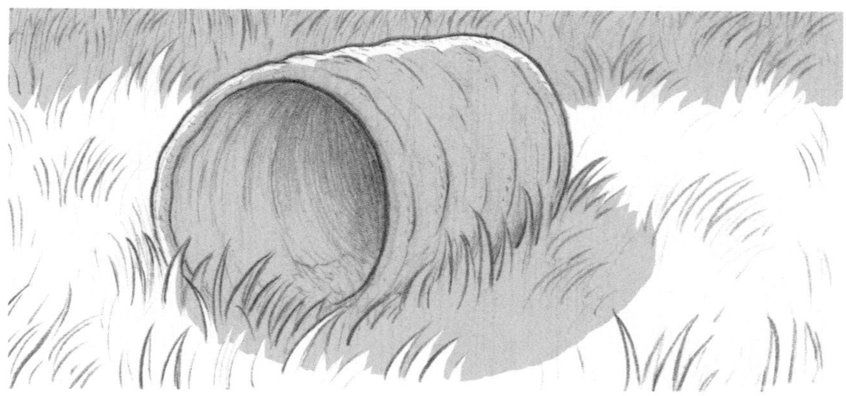

Ein Signal, das etwas in ihnen aktivierte...

... das zuvor über Monate ungefiltert in sie hineingesickert war.

Etwas, das sich unvermittelt Bahn brach. In manchen Fällen sofort…

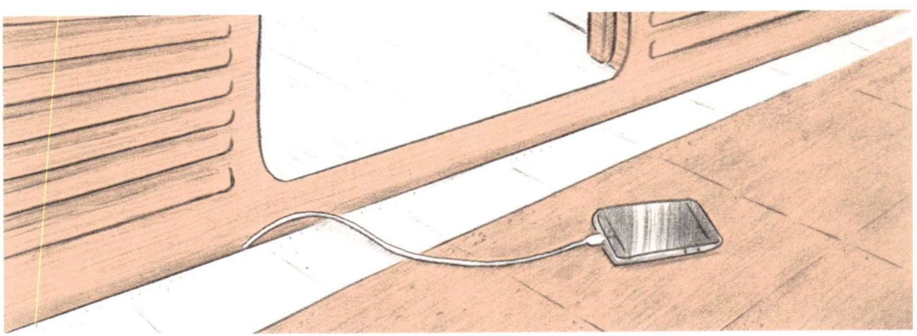

… in anderen noch Wochen später. Unzählige Male…

… überall auf der Welt.

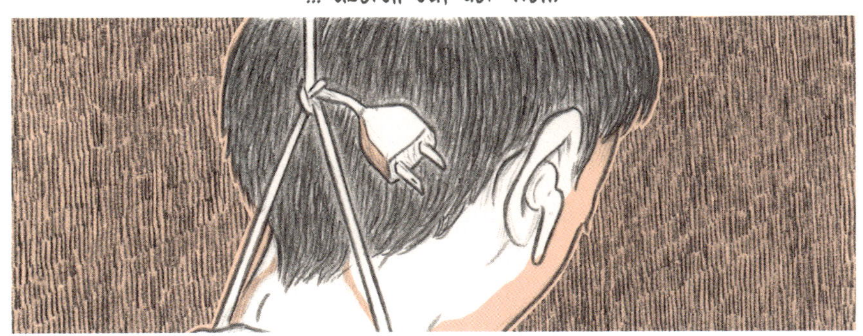

Dabei war dieses Etwas schon immer da gewesen. In ihnen allen. Ihr Leben lang.

Earthbois Worte ließen bloß die Saat keimen.

Die Erdbewohner verstärkten an diesem Morgen das Signal.

Wir halfen ihnen. Verteilten die Lösung nach Earthbois Rezeptur und posteten und streamten für die, die es schon nicht mehr konnten.

Dann hielten wir für einen Moment inne und horchten auf die Melodie der Insekten. Sie hatte sich nicht verändert.

Als die Behörden Stunden später in Erde eintrafen…

… waren wir längst fort.

Wir verteilten uns auf alle Kontinente.
Bei uns trugen wir Earthbois Vermächtnis:

die Sporen, Ableger seiner Pflanzen und Korallen…

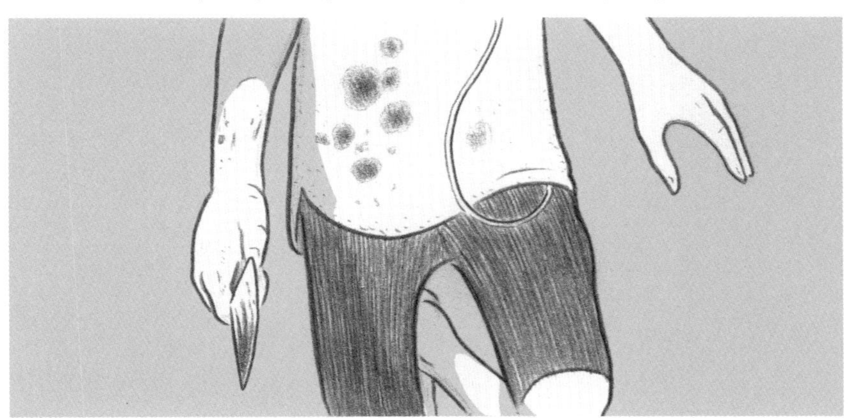

… die Festplatten mit seinen Worten und Algorithmen.

Seine Werkzeuge, mit denen wir unsere Welt
gestalten würden. Die Welt, wie er sie uns gezeigt hatte.

Aus unseren Verstecken sahen wir zu, wie seine Worte die Menschen mit sich rissen, Welle um Welle.

Wissend, dass dies erst der Anfang war. Dass Earthboi uns mit Mitteln ausgestattet hatte...

... mit denen wir diese Ereignisse in den Schatten stellen würden. Wieder und wieder.

Bis sich auch der letzte Mensch unterordnen würde oder keiner mehr übrig wäre.

Unser Kampf hat begonnen. Wir durchziehen den Boden dieses Planeten. Wir sind überall.

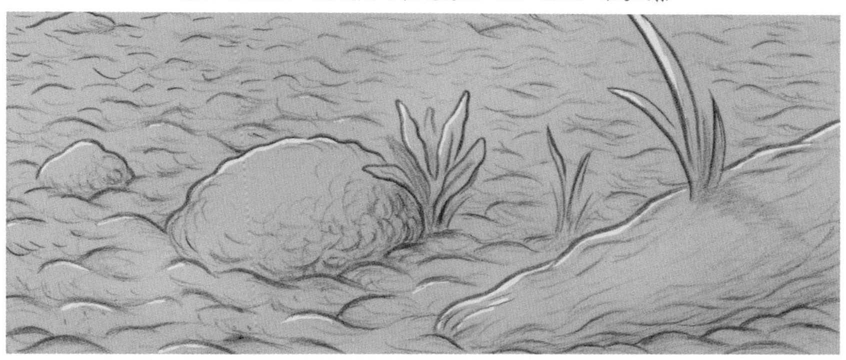

Wir sind das Wasser, das der Mensch trinkt, die Nahrung, die er isst. Die Viren, die ihn krank machen, und die Kräuter, die ihn heilen.

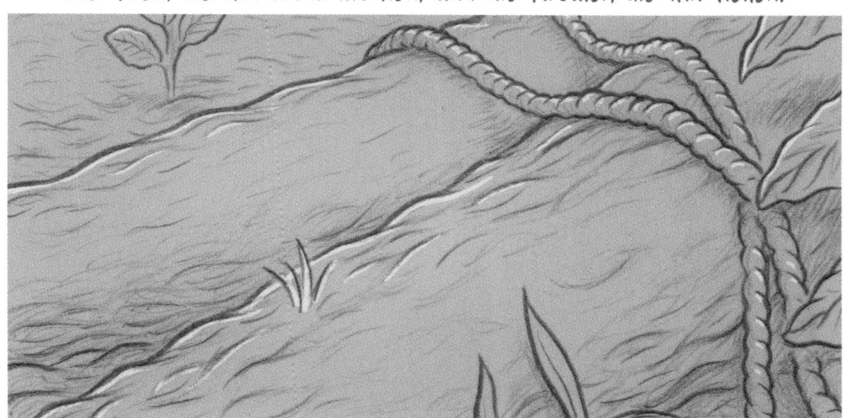

Jeder wird uns folgen. Denn wir sind Earthboi. Solange auch nur ein Grashalm Kohlendioxid in Sauerstoff umwandelt, sind wir hier.

Der Geruch, der heute die Welt durchdringt, läutet das Ende des Anthropozäns, die neue Epoche, ein: die Alleinherrschaft der Natur.

Unsere Herrschaft.

Epilog

Yus Video

Okay. Video eins. Mein erstes seit... einer Lebenszeit. Ich bin wieder zu Hause. Nachdem das Verfahren gegen mich eingestellt wurde, bin ich wieder in meine Heimatstadt zurückgekehrt.

Ich arbeite, ich lebe, ich atme und ich ordne meine Gedanken. Soweit es eben geht.

Aber die meisten Tage fühlen sich immer noch an wie ein Albtraum, aus dem ich nicht wirklich aufwachen kann.

Deswegen melde ich mich bei euch. Weil ich aufwachen will. Nach Erde und nach allem, was sie... weil ich will, dass der Albtraum aufhört.

Dieses Video ist mein erster Schritt.
Mit euch zu sprechen, macht alles realer.

Ich habe lange gezögert, mich zu zeigen. Aber ich werde nicht mehr in Angst leben. Das hier ist der Anfang einer Videoserie, in der ich meine Geschichte erzählen werde. Und seine Geschichte.

Damit sie sie nicht vereinnahmen können. Wie sie es mit ihm getan haben. Mit seinen Ideen, unseren Idealen. Ich habe erkannt, was ich jetzt tun muss.

Ich zeige mich. Auch wenn ich weiß, dass mich das in Gefahr bringt. Ich will, dass sie mich sehen können.

Ich will endlich wieder sichtbar sein. Ich muss es sein.

Um handeln zu können. Um zu euch sprechen zu können. Solange ihr mich sehen und hören könnt, werde ich genau das tun.

Das ist heute wichtiger als jemals zuvor. Denn ich glaube weiter an die Welt, die wir gemeinsam schaffen wollten.

Und mit „wir" meine ich euch und mich.

Ich danke Pam, Klara, Filip, Heike und Alex für ihre unschätzbare Unterstützung bei diesem Projekt. Mein besonderer Dank gilt zudem der Berthold-Leibinger-Stiftung und der VG Bildkunst, deren Förderungen UNFOLLOW überhaupt erst möglich gemacht haben.

Lukas Jüliger bei Reprodukt
Vakuum

Lukas Jüliger beim Carlsen Verlag
Berenice

Redaktion: Klara Groß und Filip Kolek
Korrektur: Heike Drescher und Gustav Mechlenburg
Herstellung: Alexandra Rügler

Gottschedstr. 4 / Aufgang 1
13357 Berlin

UNFOLLOW
ISBN 978-3-95640-217-3
Herausgeber: Dirk Rehm
Druck: Pozkal, Inowrocław, Polen

Zweite Auflage: September 2020

www.lukasjueliger.com
www.reprodukt.com